KB112016

해파랑길의 독백

Soliloquy on one-way road

해파랑길의 독백

발행일   2016년 7월 8일

글·사진   최 영 수
펴낸이   손 형 국
펴낸곳   (주)북랩
편집인   선일영   편집   김향인, 권유선, 김예지, 김송이
디자인   이현수, 신혜림, 윤미리내, 임혜수   제작   박기성, 황동현, 구성우
마케팅   김회란, 박진관, 오선아
출판등록   2004. 12. 1(제2012-000051호)
주소   서울시 금천구 가산디지털 1로 168, 우림라이온스밸리 B동 B113, 114호
홈페이지   www.book.co.kr
전화번호   (02)2026-5777   팩스   (02)2026-5747

ISBN   979-11-5987-103-0 03810(종이책)   979-11-5987-104-7 05810(전자책)

이 도서의 국립중앙도서관 출판예정도서목록(CIP)은 서지정보유통지원시스템 홈페이지(http://seoji.nl.go.kr)와
국가자료공동목록시스템(http://www.nl.go.kr/kolisnet)에서 이용하실 수 있습니다.
(CIP제어번호 : CIP2016016426)

성공한 사람들은 예외없이 기개가 남다르다고 합니다.
어려움에도 꺾이지 않았던 당신의 의기를 책에 담아보지 않으시렵니까?
책으로 펴내고 싶은 원고를 메일(book@book.co.kr)로 보내주세요.
성공출판의 파트너 북랩이 함께하겠습니다.

28일간 해파랑길이 들려준 108가지 이야기

해파랑길의 독백

Soliloquy on one-way road

글·사진 최영수

북랩 book Lab

누구나 갈 수 있는 길

.

.

.

그러나

아무나 가지 않는 길

프롤로그

이 책은 해파랑길의 안내서가 아닙니다. 평범한 삶을 살다가 정년퇴직을 맞아 홀로 떠난 도보여행에서 해파랑길이 저에게 들려주는 길 이야기입니다.

하루하루 주어진 일에 최선을 다해 달려온 33년간의 직장생활 외길이 어느 날, 제 앞에서 문득 끊어졌습니다. 예견된 일이지만 닥쳐서야 실감을 합니다. 그 '끝 날'을 미리 대비하는 것이 옳았습니다. 몰랐을까요? 그렇지 않습니다. 게을렀던 게지요.

그동안 제가 잡고 있던, 나를 붙들고 있던 보이지 않는 끈이 한순간에 사라진 지금, 저에게는 마음의 공허함과 더불어 시간의 여유도 함께 생겼습니다. 그래서 습관처럼 살아왔던 삶의 길을 대신하여 문을 열고 밖으로 길을 나섭니다. 젊은 시절의 꿈이었던 이 길을 이제 걸으며 회고와 순례의 시간을 가지려 합니다. 간단히 소지품을 배낭에 챙겨 울산 집 현관을 나서서 동해안을 따라 북쪽으로 걷습니다.

마침 그 길에는 예쁜 이름이 있었습니다. '해파랑길' 그 길은 누가 기다리고 있는 길도 아닙니다. 꼭 가야만 하는 길도 아닙니다. 그런데 그 길은 우리의 삶과 너무나 닮았습니다. 무심하기도 하지만, 때로는 다정다감합니다. 뜨겁기도 하고, 바람 불고 비도 내립니다. 삭막하고 지루하기도 하지만 아름다운 길도 있습니다. 우리들은 모두 그런 삶의 길을 가고 있습니다. 그렇지 않은가요?

'길'은 제가 좋아하는 주제입니다. 많은 의미를 함축하고 있는 우리말 '길'입니다. 길을 의미하는 한자어도 많고, 영어단어는 더 많습니다. 우리는 이 길을 통해 깨달음을 얻곤 합니다. 우리 땅에서 걸어서 갈 수 있는 북쪽 끝, 제진검문소까지 28일 동안 해파랑길에서 만난 수많은 길. 그들이 속삭이는 이야기 108개를 모았습니다.

여수如水 최영수

일러두기

해파랑길은 부산 동백섬에서 강원도 고성의 통일전망대까지 총 770㎞의 동해안 트레일로 도보 여행 시 통상 30일 이상 소요되는 국내 최장 트레킹 코스다. 따라서 여행은 체력과 몸의 상태에 따라 자연적인 템포가 생기기 마련으로 걸음의 속도와 긴장감을 음악용어를 이용하여 4개의 장으로 표현했다.

인트로(Intro) 부분은 여행의 출발 시기로 여유롭고, 긴 여정의 기대감을 담았으며,

장거리에 익숙하지 않은 발에 무리가 오면서 적응하는 기간을 안단테(Andante),

이후 몸이 회복되어 걸음이 익숙해지기 시작하면서 일일 이동 거리가 늘어나는 기간을 모데라토(Moderato).

끝으로 목적지가 다가오자 마음이 느슨해지며 자꾸 걸음이 늘어지는 기간을 아다지오(Adagio)로 구분하였다.

고성구간

속초·양양구간

강릉구간

동해·삼척구간

울진구간

포항구간

경주구간

울산구간

부산구간

C o n t e n t s

—

—

인트로Intro

[인트로] 음악에서 반주 첫머리인 '전주'를 의미하는 용어이나 최근에는 앨범 머리곡으로 정착, 앨범 전체의 주제를 나타내는 성격으로 이용되고 있다.

모든 길은 미완성이다
길은 스스로 변화하고 성장한다

인트로Intro

산 자는 누구든지 자신의 길에서 길을 간다

인트로Intro

익숙한 도시가 자꾸 멀어진다
지나온 길은 언제든지 돌아갈 수 있는 히든카드다

해파랑길의 독백

하늘과 바다, 강 그리고 땅… 길 없는 곳이 없다
저들은 서로의 길을 방해하지 않고 조화를 이룬다
다만 사람만이 조금 특별나다

해파랑길의 독백

길을 나섰습니다
자동차의 안락함에 익숙한 몸을
도보 여행에 던졌습니다

첫날, 힘들었습니다
몸이 놀랐나 봅니다
무슨 일이냐고 아우성입니다
풀어진 근육은 뗴를 쓰고
가벼운 산책에 익숙한 발바닥은 앙탈입니다
어르고 달래고 해서 오늘이 4일째입니다

걸어서 여행…
이거 참 불편합니다

목적지…

내 집 현관부터 동해안 북쪽 끝
우리 땅에서 걸어서 갈 수 있는 그 곳
이제 정했으니, 가 보렵니다

왜 불편한 여행을 하느냐고요?

그것은…

자신에게 집중할 기회를 주고 싶었기 때문입니다

오늘은 비바람이 분다. 파도가 거칠다
나의 길도 순順하지 않고, 걸음도 간단치가 않구나

해파랑길의 독백

인트로Intro

안단테Andante

[안단테] 원말은 이탈리아어 Andare(걷다)의 현재
분사이며, '걸음걸이 빠르기로'의 뜻으로 '느리게'
를 나타낸다. 실제로는 모데라토보다 조금 느린
템포를 가리킨다.

태양은 날마다 떠오르지만
매일 일출을 만나는 것은 아니다

해파랑길의 독백

해파랑길의 독백

길이 지워진다

길이 끊어진다

길이 막아선다

.
.
.

누구를 탓하랴

해파랑길의 독백

발이 계속 불편하다

.

.

.

누구나 갈 수 있는 길

그러나

아무나 가지 않는 길

사랑하는 나의 발에게…

여행으로 시작된 너의 앙탈이 이제는 포기하고 순응을 하는구나. 혹한 여행을 시작하면서 적응 훈련 없이 데리고 나왔으니 그럴 만도 하다. 너의 앙칼진 반항으로 다른 지체들은 조용히 숨죽이고 지켜보고 있단다. 두 다리도 다소간의 근육통이 있고 카메라를 들고 가는 손과 팔도 적지 않은 무게로 자주 손을 바꾸는구나. 어깨도 배낭의 무게가 익숙하지 않아 자꾸만 어깨끈을 만지곤 한다. 하지만 그들은 조용히 너를 응원하고 있단다.

여행길을 지체케 하는 발. 너는 이번 여행길의 선봉장이다. 지금까지 너에게 이처럼 힘든 이 같은 임무를 맡긴 적이 몇 번이나 되니? 그동안 너는 다른 지체에 의존하여 너무 편하게 지냈다고 생각되지 않니? 편안한 의자에서 주로 생활하며, 코앞의 거리도 자동차에 의존하며 지내지 않았니? 너는 그동안 너무 약해지고 있었다. 내가 아는 너는 이 정도의 어려움은 능히 감당해낼 수 있다고 알고 있다. 그리고 네가 견디지 못할 정도로 여행을 진행하지도 않는다. 너를 쓰러뜨리려는 여행이 아니기 때문이다. 너의 불편해함에는 나의 책임도 있다. 내가 너를 배려하지 못하고 너무 오랫동안 안이한 생활을 하도록 내버려둔 것은 나의 잘못이다.

발아!
내가 시작한 이 여행은 나의 꿈이었고, 내가 중단할 생각이 없음을 너도 알 거다. 지금까지 너의 투정도 있었지만 수고했다. 너희들을 힘들게 하는 이 여행은 너와 다른 지체 모두를 내가 사랑하기 때문이다. 우리 모두가 합심하여 남은 여정을 무사히 마친 후 해냈다는 자신감과 다져진 건강한 몸으로 우리의 다음 삶에 임하도록 하자. 이것은 시작일 뿐이다. 더 큰 어려움이 우리 앞에서 기다릴지도 모른단다. 결국 이 여행은 연습일 뿐이란다. 내가 어떠한 이유로 앞으로 나아가길 원할 때, 너는 나를 위해 제일 먼저 앞장서는 나의 귀한 지체란다. 마음을 굳게 잡고 어떤 어려움에서도 네가 그 선봉에 담대히 서주기를 바란다. 나는 너를 자랑스럽게 여길 것이야. 고맙다.

너를 사랑하는 내가…

바닥에 선이 없다고
길이 없는 것은 아니다

눈에 보이지 않더라도
바다 위에는 길이 있다

보이지 않는 길이라고
함부로 다니면 낭패를 보게 된다

우리는 이 길路을 도道라 부른다

우리 삶에도 보이지 않는 길

도道가 있다

해파랑길의 독백

"길손 양반, 어디서 오슈?"
"울산이요."

"크다란 가방 메고 어데 가요?"
"고성까지 갑니다."

"에구, 거기가 어딘데 걸어 간디야. 자전차라도 타고 가지."

지금까지 수많은 마을을 지났지만
이런 대화는 소설에나 나오는 이야기다
낯선 이가 지나도 관심이 없어 보인다

한 길이 몇 개의 트랙Track으로 나누어졌다
차와 자전거, 사람은 자신의 트랙을 간다

내 길에 방해만 없다면, 이웃 트랙에는 관심을 두지 않는다
나의 방문에 관심을 보이는 놈들이 있다

동네 개들이다.
표정과 목소리로 짐작하면…

"야, 너 누구야?"
"어디서 온 놈이야?"
"여기서 얼른 안 나가?"

가고 있잖아, 인마!

해파랑길의 독백

강은 낮은 곳을 찾아 흐른다

긴 여정의 도착지

바다!

.

.

.

인산지수仁山智水
··· 인자仁者는 산을 닮고,
··· 지자智者는 물을 닮는다고 했던가?

지혜로운 물의 근본은 꿈을 향한 겸손謙遜이 아닌가!

나의 길 앞에 펼쳐진 많은 길
문득 노랫말 하나가 떠오른다

'내 속엔 내가 너무도 많아…'
.

.

.

지금은 많은 길 중 하나를 선택하고 가지만
우리의 삶은 때때로 저 모두를 품어야 한다

중요하지 않은 길은 없다

하지만

급한 길이 있기 마련이다

해파랑길의 독백

그 이름만 들어도 어린 시절이 주마등처럼 흐른다

그때는 대부분 흙길이었다
지금은 찾아볼 수 없지만

구슬 몇 개와 종이딱지 몇 장이면 하루가 짧았다
그나마도 없을 땐, 흙길에 줄을 긋고 놀았다

나의 유년, 희로애락이 고스란히 남아 있는 곳
내 삶에 필요한 대부분의 것을 이곳에서 배웠다
.
.
.

골목길이다

해파랑길의 독백

강물이 길을 막아설 때

다리가 그 길을 이어준다
얼마나 고마운가
·
·
·

세상에는 다리 같은 사람이 있다
언제나 그 자리에서 길을 이어주는 사람

당신 곁에도 있을 사랑

안단테Andante

해파랑길의 독백

돈이나 힘으로 만들지 못하는 길이 있다

정성과 시간이 빚어내는 길이다

·

·

·

비단, 길뿐이랴

사람도 다르지 않다고 생각한다

5월…

지나는 길마다 아카시아 향이 은은하다
농촌은 모내기를 준비하고 있다

모판은 전쟁터에 나갈 준비를 하는 신병훈련소 같다
뜨거운 햇살과 천둥 치는 밤, 태풍 한두 개쯤은 지날 여름

지금은 옹기종기 비좁은 못자리지만
조만간 넓은 논으로 옮겨져 황금빛 꿈을 꾸며 자라겠지

…

농자천하지대본農者天下之大本이라 했던가?
그런데 젊은 사람이 안 보인다
앞으로 누가 농사를 지을까?

우리가 중요한 일을 놓치고 있는 것은 아닌지…

해파랑길의 독백

오늘은 종일 비가 내린다

강우량 예보가 많지 않아 우의를 입고 길을 간다
하루를 쉬는 것이 옳았다
.

.

.

비 내리는 고갯길을 넘으니 수평선과 바다가 보인다

'고래사냥'을 떠난 통기타 가수도 이 풍경을 보았을까?
그래도 당신은 술 마시고 3등 열차라도 타고 왔지만
나는 비를 맞으며 걷고 있다.

길을 돌아 해변으로 가면 쉴 곳이 있을 거야
오늘은 일찍 숙소를 정하고 쉬자

도보 여행자에게 비는 반갑지가 않구나

해파랑길의 독백

해안도로에서 벗어나 관동제일루 망양정을 찾는다

언제 내가 이곳을 다녀갔던가?
주변이 바뀌어 마치 처음 오는 것 같다
좌측에는 왕피천이 바다로 이어져 있다

길, 그 자체는 볼품이 없을지라도
길의 안내가 있어야 만날 수 있는 곳이 있다

길의 모습을 볼 것이 아니라
그 길이 어디를 향하는지를 살펴야 한다

해파랑길의 독백

길이 휘어져 있다

휘어진 길은 조심해야 한다
보이지 않는 길의 변화를 짐작해서는 안 된다

안전할 것이라는 부주의한 예측은
단 한 번의 어긋남으로 낭패를 본다
.
.
.

보이지 않는 길에서는 긴장하는 것이 옳다

원칙을 따르는 것은 다소 느리지만 안전하다

안단테Andante

해파랑길의 독백

동해를 가로질러
나에게 거침없이 달려오는 아침 햇살

모두가 좋아하는 모습이다
.

.

.

아마도 새롭게 시작하는 하루의 희망과 기대가 있기 때문이리라

해파랑길의 독백

여행 중 가장 많이 만나는 길, 마을 길이다
사람이 사는 길이다. 그래서 많은 이야기가 생기는 길이다
평범한 마을 이야기는 이 길에서 크게 벗어날 필요가 없다

작은 마을의 이야기가 길을 따라 퍼져 간다
이웃들의 사소한 다툼과 평범한 사건, 사고
마을을 벗어날 필요가 없는 이야기들이 길을 따라 세상으로 퍼져 간다

세상은 지금 작은 이야기가 넘쳐 홍수를 이룬다

참으로 알아야 할 이야기는 가려진 채…

우리가 힘들 때
우리가 난관에 처했을 때

이런 곳이 있으면 좋겠다
·
·
·

우리가 만든 법과 규칙이 너그러운

안전지대安全地帶

두 고장이 괜히 나뉘어진 것이 아니구나
길지 않은 고갯길이건만 넘기가 벅차다

인적이 없는 버스정류장에 앉아 가쁜 숨을 정리할 때
눈길이 머문 창틀은 기력이 다한 나와 달리 평화로다

너는 너의 일에, 나는 나의 일에
세상일은 누구에게 특별한 그런 것이 아니다

세상은 모두에게 최선을 요구할 뿐 기울지 않는다

…

경상도를 벗어난다
잠시 후… 강원도!

이견대
Igyeondae
1.1km

해파랑길
11 코스

모데라토Moderato

[모데라토] 음악에서 '보통 빠르기'를 지시하는 빠르기말. '적당한', '온건한'의 뜻으로 상대적으로는 알레그로와 안단테의 중간 빠르기를 가리킨다.

해안초소 소총 거치대 앞에 피어 있는 야생화
우리의 희망과 현실을 보는 듯하다
씁쓸한 마음을 지우지 못하고 셔터를 누른다

해파랑길의 독백

해파랑길의 독백

아득한 길 끝에서 하늘빛이 보이면
이제 고갯길을 거의 다 올라온 게야

오르막이 있으면, 내리막도 있다
.
.
.

그래

이것 또한 지나가리라
This too shall pass away

모데라토Moderato

에구 이것아…
여기가 어디라고 나왔니?
얼른 돌아가렴! 그러다가 밟힌다
.
.
.

자신의 길이 아닌 곳으로 들어서면
보이지 않는 위험에 빠지게 된다

그러한 길은 멀리할수록 좋다
빨리 돌아 나오는 것이 안전하다

모데라토Moderato

배들이 부둣가에 매여 있다

넘실대는 파도를 넘어 흐르고도 싶겠지만
매인 줄을 풀기에는 아직 때가 되지 않은 게야

지금은 매여 있는 것이 좋겠어
그편이 네가 더 안전하겠다
.
.
.

속박束縛 과 제재制裁는
안전과 자유의 다른 표현이다

해파랑길의 독백

물길은 높은 곳에서 낮은 곳으로 한 방향이지만
사람들이 다니는 길은 지형을 따라 생긴다
평지도 있고, 오르막과 내리막이 있다

사람들은 편리에 따라 지형을 다듬어 길을 내지만
이제는 자연을 해치기까지 한다
계곡을 가로질러 구조물을 세우고
불편한 산자락은 허리를 잘라낸다

심지어
막아선 준령의 산줄기에는 구멍을 낸다
우리가 보기에는 효용이지만
자연이 생각하기엔 폭력이다

해파랑길의 독백

융통성 없는 길
가장 정직한 길

이 길의 주인은 철마鐵馬!
.
.
.

물자의 대량 소통으로 산업화를 이룩하고
행성 지구를 지구촌으로 만든 주역

우마와 낙타의 행상 그리고 바닷길 해상수송이 있지만
철길은 거대한 육상수송을 가능케 하였다

국경이 막아서지 않는다면 지금도 변함없다

해파랑길의 독백

황영조
바르셀로나 마라톤 우승 기념탑

영광의 순간
정상의 자리

정상의 길은 이처럼 곧고 반듯하지 않다
어느 날 혜성처럼 나타나는 것도 아니다
소년기부터 쌓아온 노력의 결실이다

누구든 처한 상황에서 남들보다
조금만 뛰어나면
조금만 성실하면

작은 차이가 생기고
작은 차이는 기회를 만들고
그 기회로 큰 차이를 만들 수 있다

해파랑길의 독백

길을 가야
길을 만날 수 있다

가던 길을 멈추고 주저앉은 사람에게
길은 더 이상 새로운 길을 보여 주지 않는다

아득해 보이는 저 끝도
내가 걸어가야⋯ 내게 다가온다

느슨해진 신발 끈을 조인다 좀 더 좀 더 가보려고
내가 지금 있는 곳 이곳이 어딘지도 모른 채
just walking man

터벅터벅 한 걸음 더 터벅터벅 모퉁이도
길을 물으려다 그만 관둔다 길 잃은 사람은 싫어서
내가 걷는 이 길이 어디서 끝나는지 모른 채
just walking man

터벅터벅 한걸음 더 터벅터벅 내리막길 지쳐도 지친 숨소리를 숨겨
하늘 위 검은 새들 휘이 휘 휘이 휘 날 맴돌아 한 걸음 한 걸음만 더

내게 길을 묻는 이 사람에게 난 무얼 말해 줘야 하나
나를 따라오라고 저리로 한번 가보라고 아님 모르겠다고
just walking man

터벅터벅 한걸음 더 터벅터벅 오르막길
터벅터벅 한걸음 더 터벅터벅 막다른 길
터벅터벅 멈추지 마 터벅터벅 쉬고 싶어

—— 윤종신, 워킹맨(Walking Man)

모데라토Moderato

해파랑길의 독백

더운 날, 땀을 흘리며 지친 발이
강을 따라 난 길을 만났을 때
문득 떠오르는 노랫말

··· My Way ···

바쁘게 살아온 날들
그것은 내가 걸어온 길이었다

훗날,
다시 한 번 이 노래를 떠올려 보리라

And now the end is near and so I face the final curtain my friend
I'll say it clear I'll state my case of which I'm certain
I've lived a life that's full, I traveled each and every highway
And more much more than this, I did it my way
Regrets
I've had a few but then again too few to mention
I did what I had to do and saw it thru without exemption
I planned each chartered course each careful step along the by way
and more much more than this I did it my way
I faced it all and I stood tall and did it my way
for what is a man what has he got if not himself
then he has not to say the things I truly feels
and not the words of one who kneels the record shows
I took the blows and did it my way

— Frank Sinatra, My Way

해파랑길의 독백

"와, 많이 왔다."
"저 끝에서 한 시간 만에 여기까지 왔네."
.
.
.

가끔은 걸어온 길을 돌아본다
숨을 크게 쉬고 다시 앞을 본다
.
.
.

내가 걷지 않았다면
그 시간에 무엇을 하였을까?

해파랑길의 독백

삼척 번개시장

새벽 고깃배가 들어오면 신선한 생선을 받아
아침 시간 잠시 열린다 하여 붙여진 이름이다

"이건 뭐예요?"
"한 마리 더 줘요?"

가격은 깎아 주지 않아도 덤은 준다
.
.
.

먹거리경제, 1차 산업

이것이 기본이다
이것이 무너지면 모든 것이 무너진다

감사한 모습이다

해파랑길의 독백

넌 나처럼 길을 갈 일이 없으니
길이란 것이 필요 없겠다

너도 길이 있다고?
길을 네가 만든다고?

아, 네 안에 길이 있구나!
.
.
.

관동제일경 죽서루

모데라토Moderato

해파랑길의 독백

"빨리 가려면 혼자 가라. 멀리 가려면 함께 가라."
— 아프리카 속담 중에서

두 명의 라이더Rider

한 사람은 격려하고
한 사람은 힘을 낸다
.
.
.
.

동행同行은 배려配慮다

해파랑길의 독백

아직 갈 길이 제법 남았는데 해가 많이 기울었다
길에서는 욕심을 부려서는 안 된다
특히 몸이 지친 도보 여행자는 더욱 그렇다

눈에 보이는 저곳까지만 먼저 간다
그곳에서 다시 생각하자
통상 그 거리가 1㎞를 넘지 않는다
약 15분 거리다

몸이 지쳐도, 발이 아파도, 날이 더워도…
그 정도는 누구나 갈 수 있다
.
.
.

내 마음의 거리 1㎞

수없이 만나는 길이지만
같은 길은 하나도 없다

모든 길은 이웃과 소통을 위함에는 동일하지만
길에 따라 이웃과 소통의 규모는 다르다

집과 집을 이어주는 골목길
마을과 마을을 이어주는 지방도로
도시와 도시를 이어주는 국도
전국을 관통하는 고속도로
로마가도와 실크로드가 있고
철마가 달리는 유라시아 철로도 있다

무엇을 말하는가?
이것은 길의 영향력이다

나는 과연 어떤 길 위에 있는가?
나의 길은 어디로 향해 있는가?

해파랑길의 독백

인도 옆으로 송림 산책로가 쭉 따라 나있다

동해시를 빠져나갈 때까지 이어진 길
나란히 난 두 길이 형제 같다

차도남(차가운 도시 남자)과 고향을 지키는 큰아들처럼…
.
.
.

도심에 자연의 길이 남아있어 좋았다

해파랑길의 독백

영동선

바다와 육지 사이를 지나는 철길
해안선을 따라 자유롭게 흐르는 평행선
·
·
·

누구에겐 풍요로운 삶을
누구에겐 낭만과 추억을

묵호항역에 있는 이색 풍경, 돌하르방

모랫길

아이들이 좋아하는 길

길이 보이지 않아도

온통 길이다

자유로운 길이다

(도로확장 공사 중)

길은 진화하고 끊임없이 자란다
사람들에 의해…
·
·
·

우리의 좁은 땅에
포장도로가 닿지 않은 곳이 있을까?
산등선과 농로까지 단정히 포장되어 있다

모든 길은 콘크리트 일색이다
꼭 그리해야 했는지 모르겠다

낯선 길이다

깊은 산에서 물길을 따라 내려와
해안의 커다란 공장으로 이어져 있다

뭘까?

시멘트의 원료인 석회석이 지나는 길
.
.
.

이 땅을 온통 회색빛으로 물들인…

바로 너였구나

밭고랑길이 단정하다
어린 옥수수가 자라고 있다

주말농장을 해본 경험이 있다
잘 돌보지 못할 때, 원치 않는 잡초가 더 무성히 자란다
작물은 농군의 발소리를 듣고 자란다는 말이 옳다

땅의 소산은 눈에 보이기에 직접 돌볼 수 있다
바다의 자원은 스스로 자라기에 환경을 지켜줘야 한다
.
.
.

일본 후쿠시마는 어찌하나…
우리 땅에도 적지 않은 원전原子力發電所이 온전해야 할 텐데!

통행을 제한하는 길은
길이 있어도 가지 않는 편이 좋다
.

.

.

길을 막는 데는 그만한 이유가 있고
그 길을 지키는 사람은 결정권이 없다

꼭 가야 한다면
분쟁을 감수해야 한다

해파랑길의 독백

이 해안도로 이름은 헌화로獻花路이다

굽이굽이 해안절벽을 따라 도로가 나있다
갯바위에 부딪혀 부서진 파도의 물보라가
길 위로 튀어 오르기도 한다

곧은 도로에 비해 운치가 있다
평범한 길과 달리 거칠고 긴장감이 있다
마치 굽은 노송을 보는 듯하다

〈헌화가獻花歌〉 ― 정연찬 풀이

붉은 바위 끝에(제4구 꽃으로 연결)
부인께서 암소 잡은 나의 손을 놓게 하시고
나를 부끄러워하지 않으신다면
꽃을 꺾어 바치겠습니다

…

천 길 절벽 위에 핀 꽃을 왜 갖고 싶어 했을까?
수로부인에게 헌화는 위험감수Risk-Taking이며
아름다움美을 향한 희생이다

해파랑길의 독백

육지에 우리의 길이 있듯이
수면 아래 고기들에게도 길이 있다

숭어 떼가 지나기를 기다리는 훑치기 낚시
·
·
·

일상의 길을 성실하게 가더라도
예상치 못한 위험이 숨어 있을 수 있다

해파랑길의 독백

배가 바다의 풍랑을 피해 온 마지막 길
육지는 그들을 너그럽게 발등으로 받아준다

바다에 사는 배도
태어난 곳으로 위험을 피하는구나
.

.

.

가장 안전한 곳은 내가 잉태된 곳이다

… 요즘은 예외가 생겨 안타깝다

임무 교대!
지난밤 이곳은 별일 없었습니다.
자동차 사고도 없었고, 행인도 무탈하였습니다.
특기사항으로 인근 건물 2층에서 나를 지켜보는 사람이 있습니다.
가로등은 5시 30분 아침 해와 임무를 교대하고 휴식에 들어갑니다.
충성!

…이라고 하는 것 같다

어둠은 안식의 시간이기도 하지만
어둠으로 가리어진 사탄의 시간이기도 하다

늘 조심해야 할 시간이다

모데라토Moderato

해파랑길의 독백

날이 밝아오자 해녀 두 사람이 물질을 위해 바다로 향한다
그들에게 바다는 순한 눈망울을 한 가축과 같으리라

국토종단 자전거길이 무슨 의미가 있으며
도보 여행자의 방문이 작은 마을에 어떤 도움이 될까?

날마다 뜨는 아침 해를 바라보며, 바다 날씨를 가늠하며
오늘은 어느 바닷길에서 전복이랑 소라를 딸까 생각하리라

어둠이 채 가시기 전
두 어부의 아내는 두런두런 이야기꽃을 피우며
바다로 향한다

성난 바다의 풍랑 길을 막아선 방파제

"내게 맡겨!"

그는 온몸으로 바람과 파도와 맞선다
항구와 배는 그에게 의지하여 평온을 얻는다

우리가 평온한 가운데 있다면
기억해야 한다
.
.
.

'덕분에!'

'고맙다.'

해파랑길의 독백

길을 단축하려면 지름길을 선택한다
허나 그 길은 대체로 험하고 힘들다

·

·

·

지름길로 가고자 할 때는
좋지 않은 상황을 이겨낼 수 있는지

자신을 먼저 살펴야 한다

팔랑 팔랑

이 강산에서 살아온 햇수가 적지 않지만
이 길은 초행길이구나

지도가 있고, 이정표가 있어도
내 걸음에 자신감을 주는 것은
지금, 너 외에는 없는 것 같다

굿모닝, 빨간리본

오늘은 갈 길이 좀 멀구나
가끔은 어디 숨었는지 보이지 않다가
멀리서 팔랑이는 너를 보면 불안한 마음이 놓이곤 한다
.
.
.

이 작은 것이 무엇이관대 내 마음을 움직일까?

해파랑길의 독백

참 억척스럽다

아스팔트 위 손톱만 한 홈에서
네 삶의 길을 만들어 가는구나
너는 지금 최선을 다하고 있다

장하다

"저는 사람만 괴롭히지 않으면 견딜 수 있어요."

"너도?"

해파랑길의 독백

5월 봄날 길목에서
나의 여정 길목마다

지쳐 힘이 빠져갈 때
네 향기로 나를 세우고

갈증으로 목이 말라올 때
너를 한 움큼 훑어 입에 넣으면
네 몸의 기운으로 발걸음이 가볍다

네 이름은 아카시아

...

5월 여행 친구
여행을 마치면
너도 떠나겠지

해파랑길의 독백

여행 기간 내내
파도 소리를 듣고 간다

비바람이 부는 날은 제법 앙칼스럽다
잔잔한 날에는 하얀 혀를 날름거리며 애교스럽다

바다는 땅의 정기를 빨아 먹는다
아침이고, 밤이고, 땅을 핥는다
저 넓은 바다는 늘 허기지다

땅은 말없이 바다에게 자신의 발등을 맡긴다
바다는 자신이 키운 소산을 땅에게 돌려준다

자연은 그렇게 조화를 이룬다

해파랑길의 독백

도시 한가운데 나를 세운다

눈 감고도 모든 것이 짐작되는 편안한 곳이다
.
.
.

익숙한 곳이 편안한 곳이다

익숙해지기 위해 오랜 시간이 필요하다

이 일을 어찌할꼬
·
·
·

원치 않은 길에서 꺾어진 소녀의 꿈
얼룩진 피눈물은 누가 닦아 줄꼬
·
·
·

아무리 생각해도
·
·
·

나쁜…

두 소녀가 걸어온다

한 길을 나란히 걷고 있다
무엇이 즐거운지 깔깔거린다

·

·

·

이 길처럼 너희들 가는 길이
장애물도, 위험한 것도 없이

순順하였으면 좋겠다

모데라토Moderato

해파랑길의 독백

길이 사람을 기억할까?
사람이 길을 기억할까?

제일강산第一江山 현관이 걸린
경포대鏡浦臺로 가는 길

역사책에서 보았음 직한 많은 인물들이
이 길을 따라 풍류를 즐겼을 길

그들은 떠났고
길은 그들을 기억할까?

해파랑길의 독백

자유를 위해 기꺼이 선택한 길
3·1 독립만세운동
·
·
·

그들은 누구를 위해 몸을 던졌을까?
그들은 왜 맨몸으로 총칼과 맞섰을까?
·
·
·

조국은 우리에게 어떤 의미일까?

해파랑길의 독백

송림 사이사이로 만들어진 길
사람은 편안한 길을 잘 벗어나지 않는다

그래서 데크길 외의 지역은 사람이 많아도
비교적 자연스러운 생태계를 유지하고 있다

작은 것을 양보하고, 중요한 것을 지키는 것

협상이다
상생相生을 위한 길이다

해파랑길의 독백

태양이 무심히 올라온다
무고한 영혼에게 조의를 표합니다
·
·
·

1980년 5월 18일
36년 전, 그날의 기억이 올라온다

정의正義!

복잡하고, 어렵지 않게
이 아침 햇살 같으면 좋겠다

해파랑길의 독백

반상회 날인가?

연곡천이 바다와 맞닿은 곳
동네 갈매기가 모두 모였다

"여러분, 우린 대화가 필요합니다."
.
.
.

대화가 필요한 것이 너희들뿐이랴?

해파랑길의 독백

영진리 고분길

날이 뜨거워 그늘도 만날 겸하여
해파랑 지도의 안내로 고분길을 택했다

소나무와 상수리 나무들이 우거진 산책로
따가운 햇살을 피하기엔 더없이 좋은 길이었다
·
·
·

사후 세계가 현실과 다르지 않다는 믿음으로
고인이 필요한 물건을 함께 매장하던 풍습

그 유물은 오늘날 우리가 옛사람과 만나고
잃어버린 우리 삶의 시간을 이어주곤 한다

해파랑길의 독백

주문진 등대

어두운 밤
고기잡이배들이 길을 잃지 않도록 불을 밝히는 등대
주문진항 언덕에 하얀 등대가 있다
.
.
.

우리에게도
안전하게 길을 안내해 주는 마음의 등대가
하나쯤 있으면 좋겠다

해파랑길의 독백

나지막한 담을 끼고 난 골목길을 만나면
고향 집을 만난 듯한 향수가 인다

요즘 아이들은 자라면 아파트가 생각나겠지만
.
.
.

어린 시절의 향수는
평생토록 간직되는가 보다

모데라토Moderato

행복으로 가는 길

가족이 시간을 함께 보내며
이야기를 들어주고, 격려하며
같이 놀아주는 것
.
.
.

그런 시간을 추억이라 부른다
추억이 많은 가족은 행복하다

오늘도 해는 뜬다
그런데 해가 뜨는 것이 아니라
내가 돈 것이다

코페르니쿠스가 그랬다가 욕을 보았다고…
·
·
·

요 며칠 일출에 감동感動이 없다
매우 이성적인 일출이다

구름 한 점 없는 하늘과 갯바위나 솔섬 하나 없는 바다
그냥 태양이 쑥 올라온다

감동에는 이성을 넘어 감성이 있어야 한다

이성理性이 의무義務라면
감성感性은 배려配慮이다

새벽 시간 남애항 고깃배에서 내린 바다의 선물
해파랑길을 걸으면서 만난 항구들
임원항, 묵호항, 주문진항, 속초항 등

새벽 3시, 어두운 바다로 나가 어장을 치기도 하고
그물에 들어온 선물을 받아 오기도 한단다

고기 많이 잡았냐고 건네는 말에 한 어부의 아내는
바다는 육지보다 한 계절이 늦게 찾아온다며
지금이 보릿고개라고 귀뜸을 해준다

5시 반이면 고깃배에서 내린 선물은 주인을 기다린다
가까운 횟집, 음식점으로 가고, 활어차를 타고 멀리 가기도 한다
·
·
·

낯선 곳에 내려진 고기는 아직 분위기 파악을 못 하고
불편한 심기를 드러낸다

'너희들은 다시 바다로 돌아가기는 어렵겠다.'

해파랑길의 독백

무슨 날일까?

한복을 곱게 입으신 할아버지와 할머니
할아버지 손에 카메라가 있는 것을 보아 기념사진을 찍으실 요량인 것 같다

바다가 고향인 어르신들
오늘 의미 있는 날을 맞으셨나?
칠순이나 결혼 50주년 기념일쯤 되셨나 보다
다소 흥분된 할아버지가 할머니의 걸음을 채근하는 모습에 미소를 짓는다

주변의 갯바위 풍경이 마치 어르신들이 살아온 인생길 같아 보인다
'수고하셨어요. 여생도 건강하게 오래오래 사세요.'
·
·
·

먼발치에서 한참을 바라보다가 가던 길을 재촉한다

해파랑길의 독백

와, 토끼풀이 가득하다
이곳에는 토끼가 없나 보다, 하하

토끼풀로 꽃반지를 만들어 보지 않은 사람이 있을까?
그런데 그 반지를 누굴 주었더라?
기억이 나지 않는다

도시에서 살았던 나에게 친숙한 야생화는
여름내 마당 한쪽에서 꽃을 피우는 키 작은 채송화
홀씨의 아련함을 선물하는 노란 민들레
손톱에 예쁜 물을 들이는 빨간 봉선화
담장을 타고 오르는 보랏빛 나팔꽃

추억이다
우리 아이들은 어떤 꽃을 떠올릴까?

38선
지금은 그 분단선이 보이지 않는다
약속이 무너진 지 63년이 지났으니…
그 대신 휴전선이 생겼다
지금 나는 그곳을 바라보며 걷고 있다

땅 위에 그어지는 선은 소유를 위한 분할이다
이 선까지 내 땅, 이 선부터 네 땅…

대한제국(누가 이렇게 거창한 이름을 지었을까?)
을사조약과 한일합방(일제강점기)
2차 세계대전과 광복, 미군정과 38선
한국전쟁과 휴전선, 대한민국
그리고

오늘

불과 120년 만에 일어난 일들이다
앞으로 100년 후엔 무엇이 기억될까?

해파랑길의 독백

눈길이 향하는 바다 풍경이 아름답다

거대한 해안 바위와 소나무
경이로운 모습이다

하조대河趙台

그 이름은
조선의 개국공신 하륜과 조준이
은거하였다 하여 붙여진 것으로 소개되고 있다
정자의 이름치고는 독특한 배경이다

저 바위와 소나무는 자신이 어떻게 불리는지 관심 있을까?

현 문명의 전기에너지 의존도는 얼마나 될까?
아마도 99.99%

오늘을 오늘답게 해주는 자원, 전기電氣!
그것이 다니는 길이다

전기가 갑자기 사라진다면…
우리 생활은 어떻게 달라질까?
주로 낮 시간으로 생활이 제한될 것이고
화석에너지에 의존한 1900년대로 돌아갈 것이다

우리에게 너무 당연하고 가까이 있는
그래서 고마운 그 존재를 간과하고 지낸다

… 이 같은 것이 전기뿐이겠는가?

해파랑길의 독백

얼마나 남았을까?
끝이 아득하기만 하다

.

.

.

몸이 지치면 멀어 보이고
자주 지도를 찾는다

맘이 지치면 꾀가 생기고
쉬어 갈 핑계를 찾는다

모데라토Moderato

해파랑길의 독백

빈 의자

네가 그렇게 반가울 수가 없다

길을 걷다 지쳐오면 햇빛을 피해
걸터앉을 곳이 쉽게 보이지 않는다
.
.
.

힘들고, 지칠 때
쉴 곳이 있다는 것은
참으로 감사한 일이다

몸이든,
마음이든,

계속 가려면…

백패커Backpacker

내 걸음에 집중하다가 그를 지나치고 말았다

어디서 왔는지?
어디로 가는지?

오늘 마주치는 두 번째 도보 여행자

"마음에 정하신 곳까지 살펴 가세요."
·
·
·

한곳에서 만나고 헤어지는 두 사람

모두 길을 가지만
서로가 다른 방향이다

해파랑길의 독백

넌 귀가 없구나

그래… 네가 현명한지도 모르겠다

세상을 잘 사는 길!
귀 닫고, 눈 감고, 말을 아껴서 하는 것

요즘 세상은 왜 이리 말이 많은지
말이 넘쳐난다

몰라도 그만인 것
나와 상관없는 것
조그만 스마트폰에서
거실의 텔레비전에서

불필요한 말들이 나를 훔쳐간다

해무海霧로 가득한 바다
오리무중五里霧中이다
.
.
.

등대는 배를 위해 사이렌을 울린다

안개가 눈을 가려 길을 숨기면
우리는 귀를 열어 길을 찾는다

해파랑길의 독백

의상대義湘臺

의상대사가 낙산사 창건 시 좌선하였던 곳
풍광이 아름다워 관동팔경의 하나로 꼽힌다
.

.

.

해무로 바다를 조망하진 못했지만
안개로 수채화 같은 의상대를 만났다

… 은은하고 포근하였다

해파랑길의 독백

해탈解脫로 가는 길

One—way for the freedom

… 모든 것을 벗고 떠나면 돌아오지 않는가?

해탈: 불교에서 인간의 속세적俗世的인 모든 속박에서 벗어나 자유롭게 되는 상태

서서히 올라가는 길

당당히 솟아나는 길

너를 축복한다
.
.
.

네 앞에 무엇이 기다리고 있든지

지금처럼 담대히 나아가렴

모데라토Moderato

해파랑길의 독백

등대로 가는 길

육지에서는 선으로 길을 표시하고
바다에서는 빛으로 선을 대신한다
·
·
·

더불어 사는 곳에서

선은 약속이고
선은 안전이다

모데라토Moderato

에구… 계단이다

가파른 길을 걸어서 올라야 한다면 계단은 최선의 방법이다

쉬어가는 한이 있어도, 한번에 한 계단씩
.
.
.

높은 곳을 오르려면 많은 에너지를 사용해야 한다

세상의 모든 일이 그렇다

공짜는 없다

설악대교

모데라토 Moderato

아다지오 Adagio

[아다지오] 음악에서 '천천히', '매우 느리게'를 뜻
하는 빠르기말. 안단테와 라르고 사이의 느린 빠
르기를 이르는 말이다.

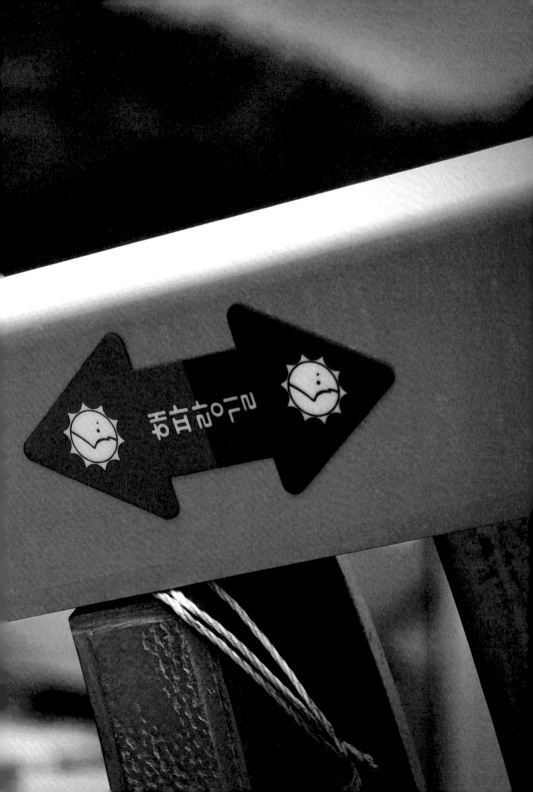

아다지오Adagio

해파랑길의 독백

길고 긴 육지의 여행을 마치고
고향 바다로 들어가는 길
마치 어미의 자궁길처럼 좁고 길구나

"어서 오렴, 수고했다."

…

물의 마지막 순간은 잉태의 길이다
가장 편안하고 자유로운 곳

더 이상 돌부리에 치일 일도
막아선 둔덕을 돌아갈 일도 없는

바다로 돌아가는 길

아다지오Adagio

평화로 가는 길

전쟁의 자락에서 평화는
아직도 철조망이 필요한가 보다

어린 초병의 눈망울이 허허롭다

.
.
.

평화는 누군가의 희생을 먹고 산다

아다지오Adagio

해파랑길의 독백

사랑스럽고, 행복한 모습이다
그 길로 쭈욱 가시길 기도합니다
.
.
.

가족은

함께 있을 때
모두 건강할 때
자기 자리가 있을 때

가장 건강하다
.
.
.

음… 쉽지가 않구나

누가 버리고 간 꽃반지용 토끼풀
영문도 모른 채 삶의 자리에서 잘려와
돌봐주는 이 하나 없이 버려져 있다

…

그는 그냥 심심해서 그랬다고
그냥 장난이었다고…
주변에 온통 토끼풀 천진데, 하나쯤 뭐?
아무런 잘못도 느껴지지 않을 수 있다

저 토끼풀이 그런 당신이라면…
주변에 온통 사람들인데, 당신 하나쯤!

'묻지마' 사건, 사고들…
눈에는 눈, 이에는 이로 응징을 해야 정신을 차리려나

…

버려진 토끼풀 하나에서 지나친 상상까지…
날이 더운가 보다

해파랑길의 독백

송지호

멀리 설악이 병풍처럼 둘러쳐 있고
단아하고 기품이 있는 6km 둘레의 호수
겨울 철새가 남으로 갈 때 쉬어가는 길목이란다

돌본 듯, 돌보지 않은 듯
자연스러움은 친숙함을 더한다

… 해파랑길을 따라 북으로 가는 나도 쉬어간다

해파랑길의 독백

시간을 거슬러 가는 길
1900년대 가옥이 보존된 마을

오늘은 여기서 하루를 머무는 선물을 받았다
초가집 한 채를 빌렸다

송지호 안쪽 골짜기에 있는 왕곡마을
옛것을 보존하고 그것이 상품이 되었다
우리 본래의 것이 최고의 경쟁력이다

부엌문을 조금 열었다
시원한 저녁 바람이 불어온다
앞집과 골목을 지나는 사람이 다 보인다

집에 담이 없다
딱히 훔쳐갈 것도 없다

"이웃집 손님, 저녁 먹었수?"

옆집 할머니가 안부를 묻는다
담이 없으니 나누어 주기도 쉽다

…

담은 나를 지키기도 하지만 나의 길을 막기도 한다

보름달이다

포항 부근에서 초승달을 본 기억이 있는데…

내가 걸어온 길은 곧 흘러간 시간時間이었다

.

.

.

이성적으로 흐르는 시간

내가 그를 붙들 수는 없지만

내가 걷는다면, 그는 내 편이 되어준다

아다지오Adagio

해파랑길의 독백

회귀어回歸魚를 위한 인간의 배려?

이 강의 본래 주인이 누구였는가?

.

.

.

왠지 씁쓸한 기분이다

아다지오Adagio

해파랑길의 독백

휴전선이 가까워지자 인적이 드문 해안선에는
해안초소와 장애물이 많아진다

국토종단 자전거길과 해파랑길
그리고 군 순찰로가 같이 있다
·
·
·

지키는 자와 다니는 자
모두가 매너리즘Mannerism에 빠져가는 것 같다

너도 혼자 나왔니?
해수욕 백사장에 뭐가 있다고

난… 내일이면 마친다
별일 아니면, 너도 어서 돌아가렴
.
.
.

홀로 있는 모습이
외롭게 보이는 것은 당연한가 보다

해파랑길의 독백

민물이 바다를 만나는 순간
그 길목을 그물로 지키는 낚시꾼
.
.
.

축구 해설자가 늘 하는 멘트

"시작 5분, 마지막 5분을 조심해야 합니다."

…

나도 목적지가 보이기 시작하니
긴장이 늦추어진다

해파랑길의 독백

화진포

이곳에 저명인사의 별장 세 곳이 있다
김일성, 이승만, 이기붕의 별장

여러 생각이 교차하여 오래 머물렀다

모두 세상을 떠난 사람들이다
한 사람은 민족상잔의 불씨를 당겼고
한 사람은 조국을 위해 헌신하였지만, 유종의 미를 보지 못했고
한 사람은 가족 집단자살로 생을 마쳤다
.
.
.

그렇게 떠날 것을…

그들이 얻은 것은 무엇이고, 남긴 것은 무엇일까?
그들의 영향력은 선善하였을까? 악惡하였을까?

해파랑길의 독백

다 왔다…

끝이 보인다
.
.
.

오르막길의 마지막은 항상 숨이 차고 힘들다

223   아다지오Adagio

목적지가 점점 다가오자 네가 더욱 힘을 내는 것 같다

아픈 곳은 이미 굳은살로 회복이 다 되었고
이제는 금강산뿐만 아니라 원산, 함흥까지도 갈 기세로구나

다음에 기회가 오면 그리하자꾸나
·
·
·

길 위의 삼색선
노란색은 차량의 중앙선
흰색은 차량과 인도 구분선
하늘색은 국토종단 자전거선

팔랑이는 리본이 오늘도 나의 길을 안내한다

해파랑길의 독백

북한 탱크의 길을 저지할 대전차구조물
이제 민통선이 가까워지나 보다

아주 오래된 기억이 살아난다

강원도 화천군 사방거리!
동고동락을 함께했던 친구들이 생각난다
세월이 많이 흘렀다. 모두 잘 지내겠지
.
.
.

주변의 표지판과 지형물이 긴장감을 준다
길에 누가 있는가에 따라 분위기가 다르다

해파랑길의 독백

기분 탓일까?
사람의 손길이 덜 닿아서라고 생각하니
더욱 자연스럽고 포근한 느낌을 받는다

내가 물고기나 새라도 저런 곳에서 살 것 같다

사슴등을 연상케 하는 억새군락과
하천 지류로 보이는 물빛이 투명하다

사람들 간의 긴장감이 오히려
이곳의 순수함을 지켜주는 아이러니함이라니

대진리 숙소의 복도

오늘로 일정을 마치기로 마음을 먹고 나서는 길
창으로 만난 해파랑길 마지막 바다가 아침 인사를 한다

그동안 파도 소리는 늘 나의 오른쪽에서 울었고
끝없이 이어지는 길은 북으로 북으로 향했다
동해에서 오르는 태양을 어깨로 받아 하루를 시작했다

…

내가 걸은 것이 아니라 풍경이 흐른 것은 아니었을까?

해파랑길의 독백

마지막 이정표

'통일전망대' & '제진검문소'
·
·
·

통일전망대 출입신고소에서 마지막 목적지를 결심해야 한다

걸어서 제진검문소까지 갈 것인가?
방문 차량 도움을 받아 전망대까지 차를 탈 것인가?

나는 걸어서 갈 수 있는 최북단 민통선 검문소를 선택했다
통일전망대는 아쉽지만 다음을 기약한다

이제 남은 거리 4㎞, 마음이 바빠진다

여기서는 바다도 보이지 않는다
지난 시간이 꿈결 같다

언제나 내 앞에서 팔랑거리며 길을 안내하던 너
네가 이 해파랑길 마지막 리본이구나
길은 있으나 제한되었다

'여기부터 민통선입니다.'

더 갈 수 없느냐는 질문에 검문소 초병은

"여기서 돌아가셔야 합니다."

'돌아가셔야 합니다?'
힘든 여행 끝에서 듣는 말치고는 기분이 묘하다

이 시간을 예상하지 않은 것은 아니지만, 아쉬움은 남는다
몸과 마음이 더 가고 싶어도, 갈 수 없는 길에서 머무는 것은 옳지 않다

… 여정은 여기까지다

이제 내가 돌아가는 곳
물이 흘러 흘러 그 여정의 끝에서 자신의 본향本鄉인 바다로 들어가듯

여행을 시작했던 곳, 나의 집이다

아다지오Adagio

에필로그

여기까지 무사히 왔구나. 모두가 네 덕분이다. 고생 많았다. 힘든 시간을 잘 참고, 견뎌 주었구나. 대견하고, 네가 자랑스럽다. 이제 우리는 다시 시작할 준비가 된 것 같다. 그 무엇이든지 말이다.

하하, 놀라지 말고…. 걸어서 돌아갈 생각은 없다. 좀 쉬어라.

28일간의 해파랑 걸음 길을 허락해 주시고, 여행 기간 내내 실족지 않게 동행하여 주신 하나님께 감사드립니다. 그리고 조용히 시작한 걸음에 교회 지인들의 기도와 산공과76 친구들의 관심과 격려 그리고 블로그 이웃들의 응원이 있어 참으로 고마웠습니다.

여행을 마치고 잊혀질 기억을 모아서 책으로 엮어감에 있어 수진이의 꼼꼼한 감수와 제언을 통해 '우리 딸이 이렇게 성장했구나.' 하는 놀라움과 감사의 마음은 여행의 덤으로 얻은 기쁨이었습니다.

우리 모두는 자신의 길을 걷고 있습니다. 그 길의 모습은 모두 다릅니다. 모두에게 주어진 삶의 길은 제가 걸어온 길처럼 그리 순탄하지만은 않을 겁니다. 때로는 놀랍고, 즐겁지만, 때로는 힘들고, 지치기도 할 것입니다. 하지만 그 걸음에 힘주고 동행하는 이가 있어 우리는 감사하며 저마다의 길을 갑니다. 각기 다른 길이 전하는 마지막 메시지는 모두 같습니다. 돌아가야 한다는….

돌아오는 길, 차창으로 지나온 길을 다시 보았습니다. 주마등처럼 흐르는 28일간의 여정이 하루가 채 걸리지 않는 버스 길이었습니다. 차창으로 비치는 나에게 물어봅니다.

'그래! 너는 이 길에서 답을 얻었니?'

'글쎄, 지금 분명히 말할 수 있는 것은 내가 포기하지 않고 걸어 내었다는 사실이지.'

'나의 길은 아직 끝나지 않았고, 끝나지 않은 길에서는 또 나아 갈 길이 있다는 것도 알지.'

2016년 5월 마지막 날, 울산 집에서
여수如水 최영수

에필로그 epilogue

해파랑길의 독백